國家圖書館出版品預行編目資料

到大海去呀，孩子／汪啟疆著;張曉萍繪.——二版一刷.——臺北市：三民，2007
面；　公分.——(兒童文學叢書.小詩人系列)
ISBN 978-957-14-2861-1　(精裝)

859.8

© 到大海去呀，孩子

著作人	汪啟疆
繪者	張曉萍
發行人	劉振強
著作財產權人	三民書局股份有限公司
發行所	三民書局股份有限公司 地址　臺北市復興北路386號 電話　(02)25006600 郵撥帳號　0009998-5
門市部	(復北店)臺北市復興北路386號 (重南店)臺北市重慶南路一段61號
出版日期	初版一刷　1998年10月 二版一刷　2007年1月
編號	S 854371
定價	新臺幣貳佰捌拾元整

行政院新聞局登記證局版臺業字第〇二〇〇號

ISBN　978-957-14-2861-1　(精裝)

http://www.sanmin.com.tw　三民網路書店

兒童文學叢書
・小詩人系列・

到大海去呀，孩子

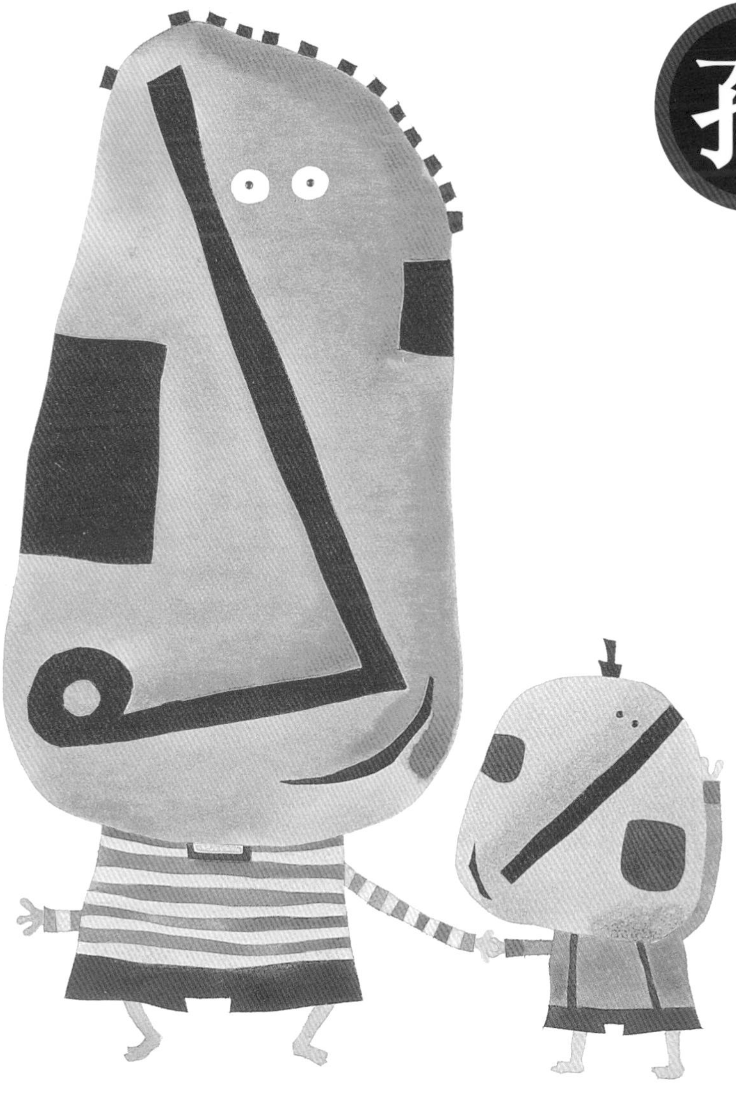

汪啟疆／著
張曉萍／繪

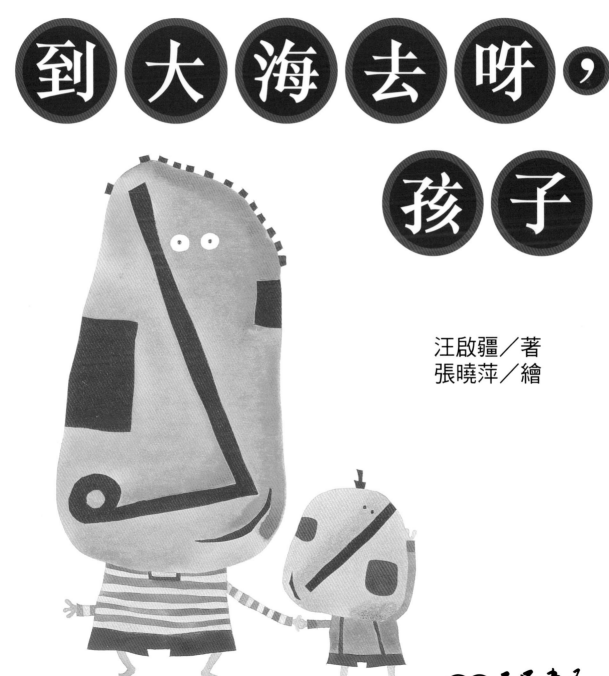

三民書局

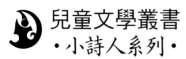

詩心・童心

——出版的話

可曾想過，平日孩子最常說的話是什麼？

「媽！我今天中午要吃麥當勞哦！」「可不可以幫我買電視上廣告的那種電動玩具！」「我好想要百貨公司裡的那個洋娃娃！」

乍聽之下，好像孩子天生就是來討債的。然而，仔細想想，這些話的背後，絕不只是貪吃、好玩而已；其實每一個要求，都蘊藏著孩子心中追求的夢想——嚮往像童話故事中的公主般美麗、令人喜愛；嚮往像金剛戰神般的勇猛、無敵。

為了滿足孩子的願望，身為父母的只好竭盡所能的購買，但孩子們總是喜新厭舊，剛買的玩具，馬上又堆在架子上蒙塵了。為什麼呢？因為物質的給予終究有限，只有激發孩子源源不絕的創造力，才能使他們受用無窮。「給他一條魚，不如給他一根釣桿」，愛他，不是給他什麼，而是教他如何自己尋求！

事實上，在每個小腦袋裡，都潛藏著無垠的想像力與無窮的爆發力。大人常會被孩子們千奇百怪的問題問得啞口無言；也常會因孩子們出奇不意的想法而啞然失笑；但這種不規則的邏輯卻是他們認識這個世界的最好方式。而詩歌中活潑的語言、奔放的想像空間，應是最能貼近他們跳躍的思考頻率了！

於是，我們出版了這套童詩，邀請國內外名詩人、畫家將孩子們天馬行空的想像，熔鑄成篇篇詩句；將孩子們的瑰麗夢想，彩繪成繽紛圖畫。詩中，沒有深奧的道理，只有再平常不過的周遭事物；沒有諄諄的說教，只有充滿驚喜的體驗。因為我們相信，能體會生活，方能創造生活，而詩的語言，也該是生活的語言。

每個孩子都是天生的詩人，每顆詩心也都孕育著無數的童心。就讓這些詩句在孩子的心中埋下想像的種子，伴隨著他們的夢想一同成長吧！

寫給您和您的孩子

大人寫童詩，我個人認為不僅要具有童趣的天真自然，以孩子的眼睛和文字，表達非成人世界的想像力；還應該包括一些知識性、實用觀，以及他們尚未盡能接觸的趣味、經驗與期許，好讓孩子去思想。簡言之，要有些老師和媽媽的味道，給他們更大的容納。這跟孩子自己寫出的童詩，有些不同。

我接觸最多的是海洋，總覺得自己站在海浪上，看到天空大海在最遠處貼合，那貼合處有著什麼呢？水平線永遠那麼遠，即使是成人了，我還是喜歡問自己：那兒太陽沉下去，船隻消失……那兒在發生什麼？有什麼在那兒等待？

所有孩子們也在看著遠方，直到有一天他們心裡突然醒起來似的問自己：遠方有什麼呢？知識開始第一次有了回應；孩子的心裡才開始真正長大。這本童詩，就是以老師和媽媽的味道，面對在長大的孩子們寫的。站在臺灣這海島，把海洋的雄闊，魚族和環保，大海與人文，大自然的生命感，告訴孩子們，由他們去想。

大海對人類是最具迷惑與魅力的，大海是地球的皮膚和血液。在孩子心中埋下想像的種子，海洋也能伴隨他們一同成長。

這些詩，出於一個投身大海的人，想使您的孩子知道大海。這些詩，出於愛孩子、愛海的心。

於海軍學院

目次

到大海去呀，孩子

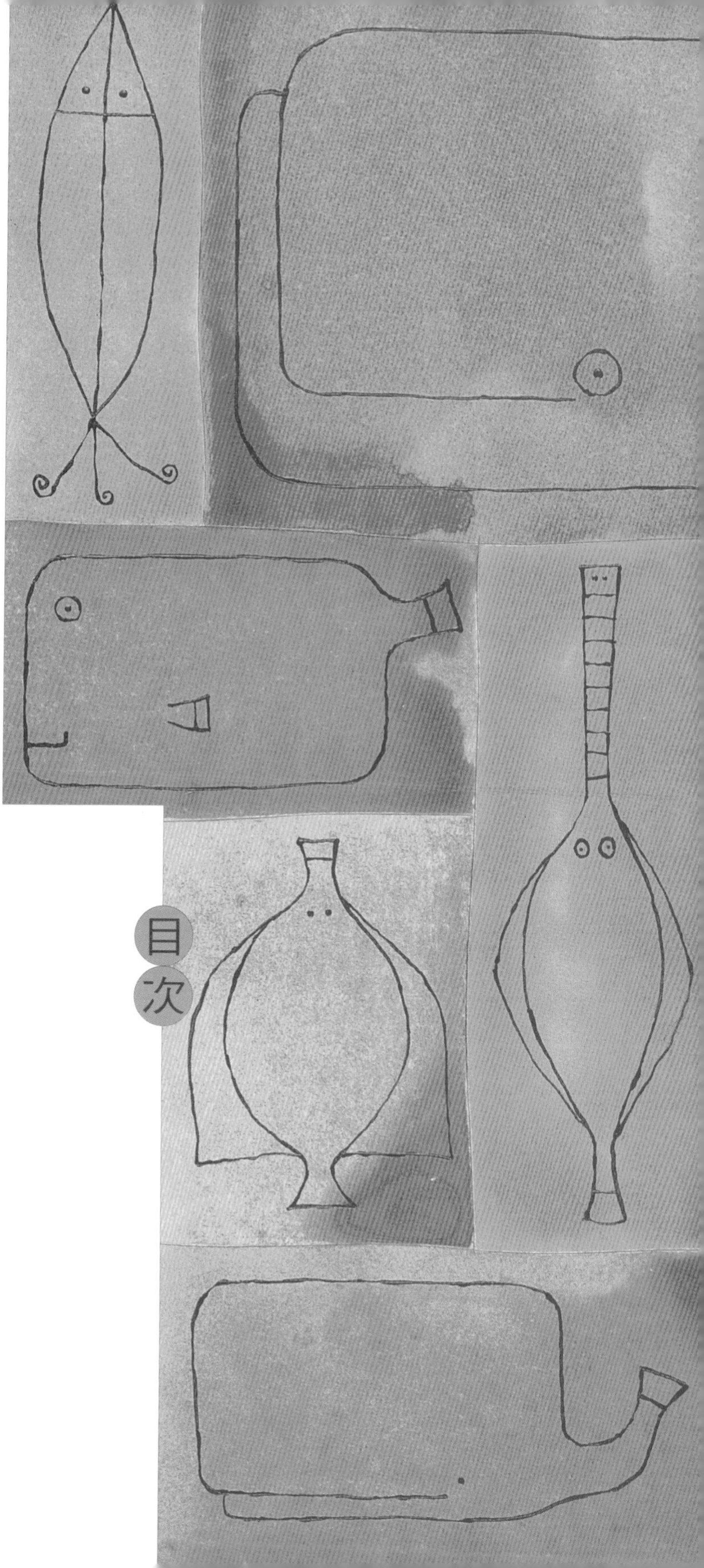

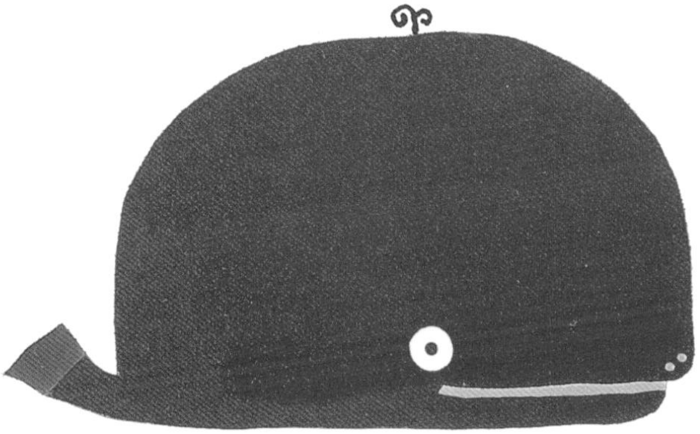

踩踩海水

爸爸帶一家人
去藍色海洋邊緣玩

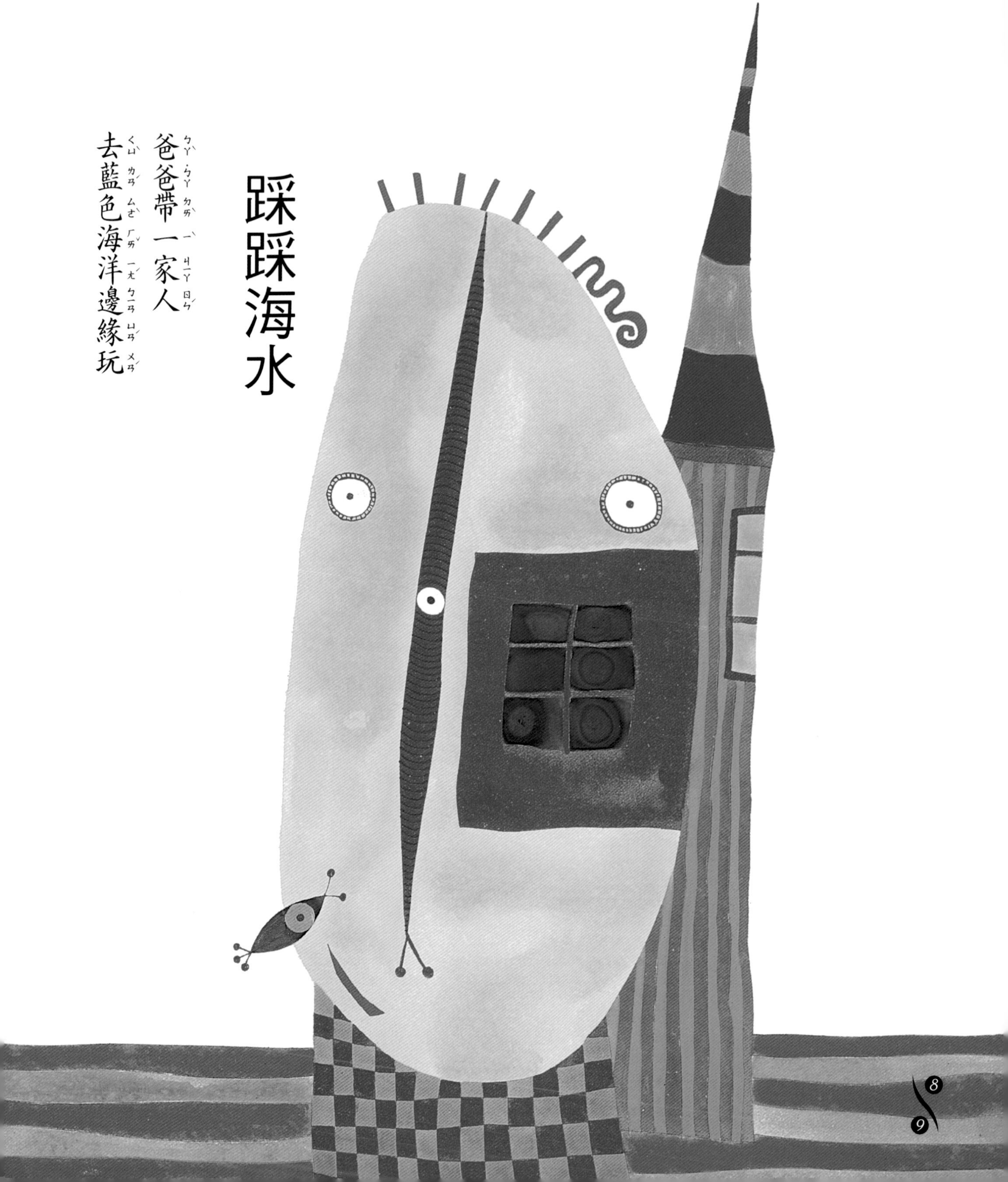

媽媽牽弟弟去踩踩海
小小的腳掌剛伸進淺淺鹹鹹的海水
就快樂的叫起來。

我撿到一枚迷路的小貝殼
帶回家，放在枕頭下
天天都聽到，貝殼裡面
流出了大海的迴聲
和弟弟的笑。

我們應該多接觸大海，
把成長的記憶和海洋的記憶
結在一起。在哥哥心裡，
海洋迴聲和弟弟清脆的笑
是同樣難忘的。

海灘上的腳印

海灘柔細的沙，像心情
爸爸脫下鞋，牽我手
赤腳和沙說話。

沙灘印出兩行大小
乾乾淨淨的清楚腳印，
在潮溼的水線上。

爸爸說
沙灘會告訴你　大海的心事，
你也可以向沙灘
說你的心事，再由它一點點的
慢慢告訴大海。

我說
我已經都告訴腳印了。

人用腳印向海灘踩下痕跡，
大海用浪把腳印收走，
帶回海裡閱讀，
不就是相互在說話嗎？
這詩憑想像將人和海融合了。

我們到海邊吹吹風

到海邊去吹吹風，姐姐說
大海永遠湧動著好多奇異的音樂和色彩。
到海邊去吹吹風，哥哥說
大海又大又寬的容納著整個天空、雲朵和風雨。
到海邊去吹吹風，我說
大海不斷替我們掀開永遠的童話和希望的故事書。

把頭腦裡、身體裡的煩悶同勞累，
通通讓風掃進壯闊溫柔的大海，
變成一蹦一跳的小波浪。

我們一起到海邊，大家吹著風
把自己變得像沙上的馬鞍藤一樣青綠快樂。

大海吹來的風，
有大海鹹鹹的氣息，
看著廣大的海，
更有特別的感動和領悟；
馬鞍藤象徵了
生命的青綠和新嫩。

到大海去呀，孩子

到大海去呀，孩子
波浪都舉著白旗子搖動，
海鷗在叫，海豚也跳出水面，
船和星星們都在等待你。

從高雄、基隆、花蓮或
任何漁港，從臺灣
向全世界的海洋出發，向磨練挑戰。

男孩子要選擇到海洋去，
時間和書本都在叫喚。
臺灣本來就是被海所抱住的島，
每一粒新種籽都是自海上被攜來這土地上。
每一顆希望和智慧的心都在波浪上發出閃光。
貿易風吹拂著水手們的藍帽子。
到大海去呀，
太陽月亮都在注視你，
夢也在注視你，去將它實現。
海洋以她的洶湧澎湃，教你長大。

我們居住的臺灣，
四面是海，
非常適合向海洋發展、
向世界出發。
所有的男孩子們，
大海在呼喚你哩！

海釣一天

海釣船是一粒白瓜子殼。
放在一張很大的藍蓆子上；
被輕輕搖動。

太陽昇起來時，釣魚的人都被自己
拋出去的魚線繫住了。瞪著線等在舷邊。
當垂下的絲索突然被海扯直，
立刻，休息的木偶般，快樂的跳起來。
這時，好大好安靜的海，反射了太陽
發出強烈的閃光和魚的跳躍聲，刺人眼睛。

他們就這麼一下高興一下沉默。
太陽漸漸爬高和落下；
我就靠在爸爸旁邊疲倦的睏睡了。
晚上，媽媽還沒有接過爸爸的魚簍；
就先笑著說：
啊，回來了兩隻龍蝦。

海釣船在大海中不就是
大蓆子上的一粒白瓜子殼嗎？
一天下來，人都晒紅了。
詩中媽媽對孩子去海上是鼓勵的。

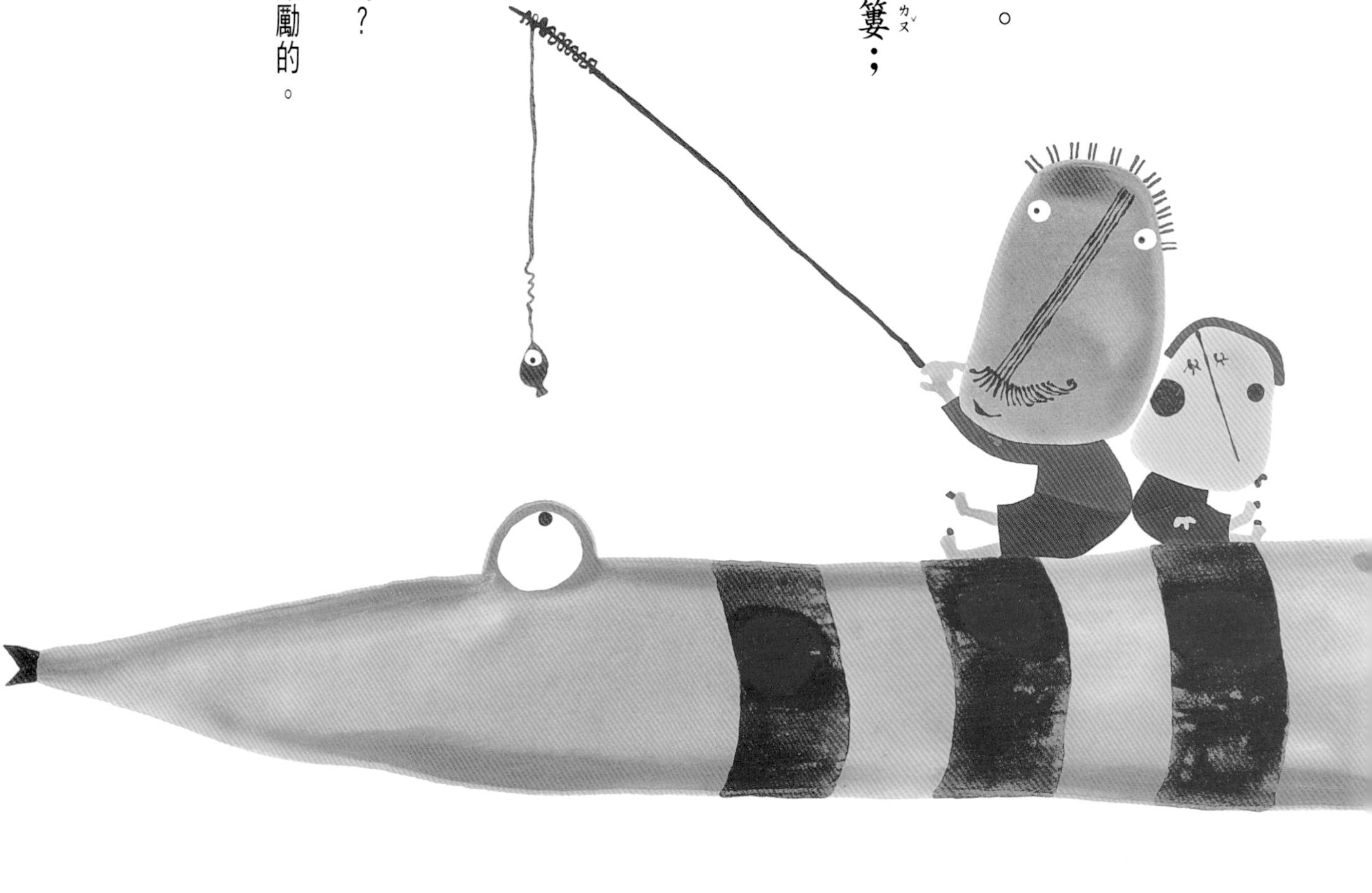

天空的顏色

住在海邊時
早晨，向天空看
海用太陽的亮光
把自己身體的藍顏色，映在天空裡。

夜晚，人都熄燈了
天空墨黑的
因為太陽也休息了。
但我在床上聽到，海一直醒著
忙著洗滌今天工作髒了脫下的衣裳
準備好明天太陽起床就可穿上
更明亮的把海的藍顏色
映進晴朗的天空裡
印滿雲朵的童話。

天空和大海是相互對映的；
當太陽向海平線沉下休息時，
海仍在為明天作準備，
把最乾淨的藍顏色，映向天空。

太陽睡了，船醒著

太陽向水平線走下去，準備休息。
弟弟也在一定時間，被媽媽叫上床睡覺。
（海在媽媽的懷裡被重新撫平）
弟弟睡覺總是用被子蒙住頭
太陽跟弟弟一樣，也蒙在海的藍棉被底下
睡了。衹被面上船隻的航海鐘一直醒著走動。

在我們睡眠的時候，
許多人仍在持續工作，
時間也一直不停息。
「海在媽媽的懷裡被
重新撫平」，
就是代表被重新整理，
繼續開始。

小小的觀察者

做個小小的觀察者。
跟著波浪走，
走往很遠很遠的國度；

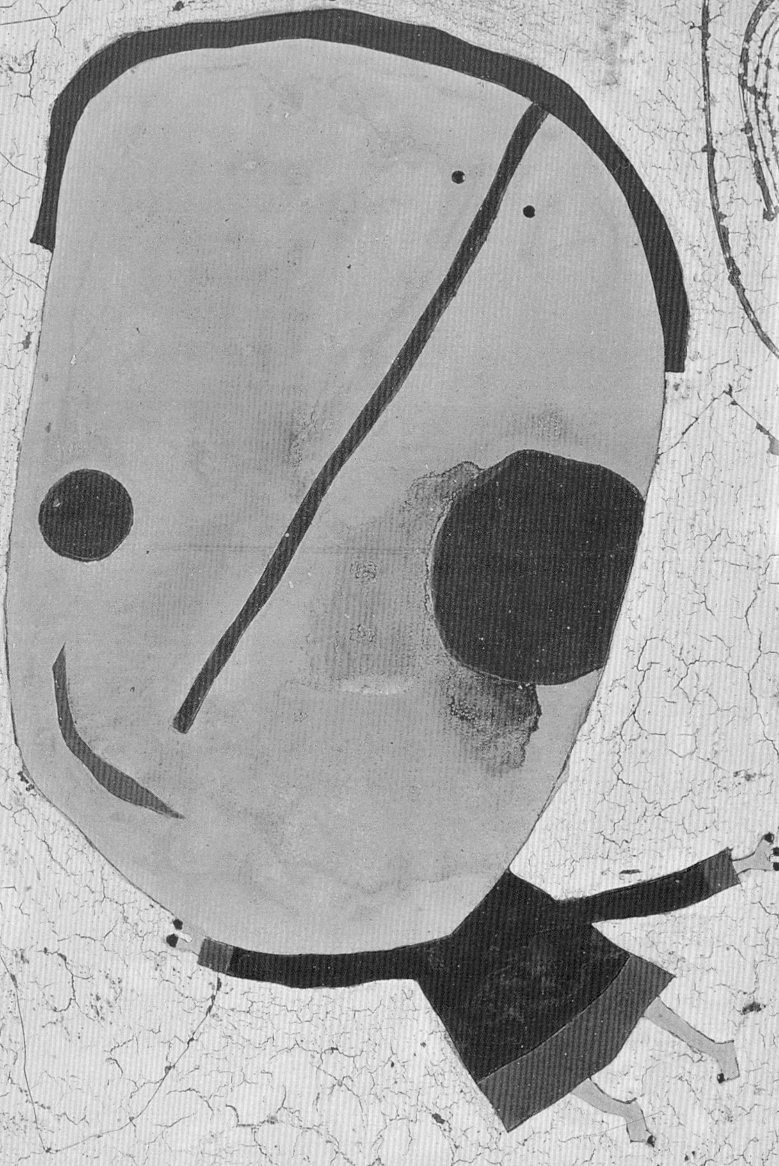

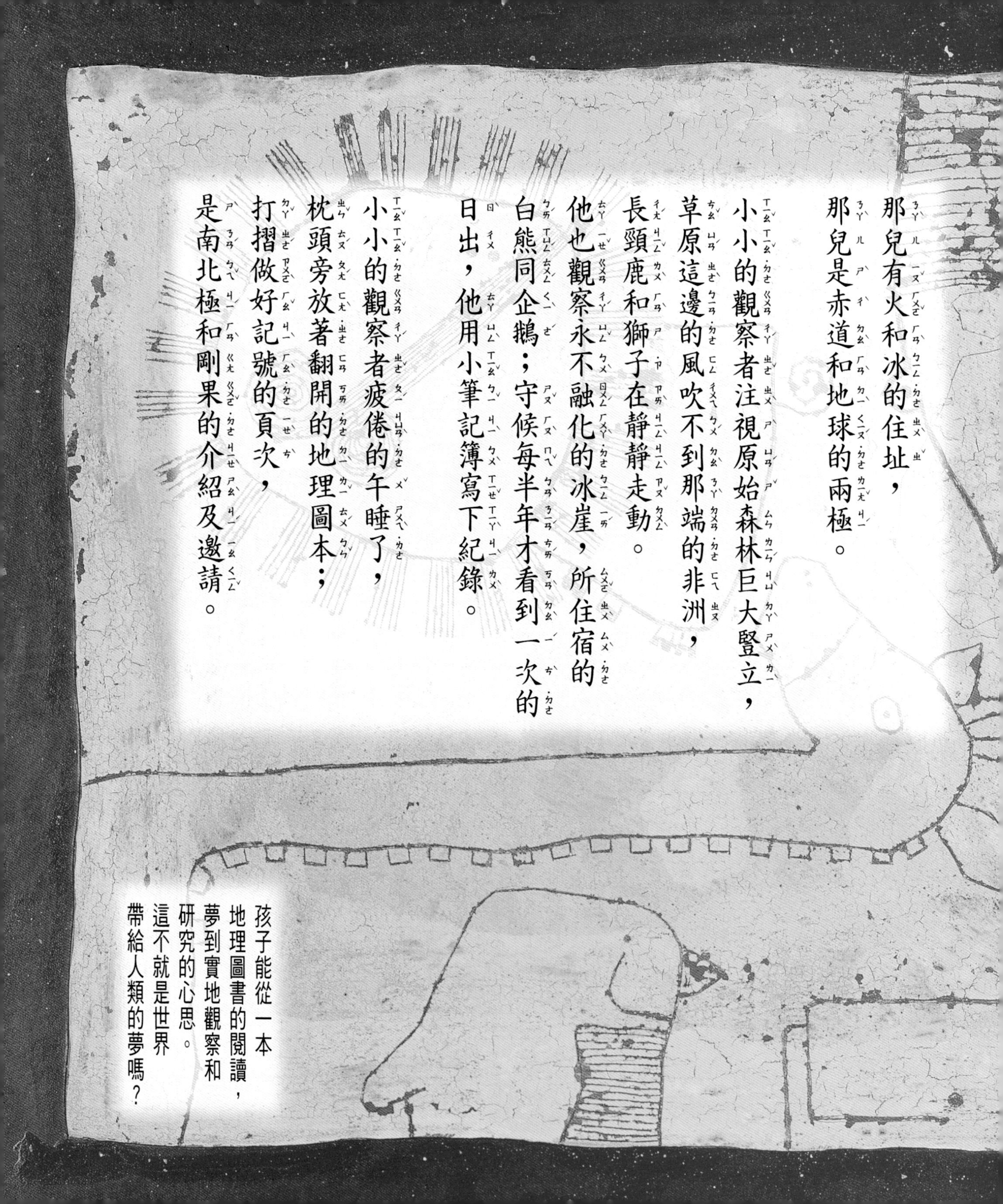

那兒有火和冰的住址，
那兒是赤道和地球的兩極。

小小的觀察者注視原始森林巨大豎立，
草原這邊的風吹不到那端的非洲，
長頸鹿和獅子在靜靜走動。
他也觀察永不融化的冰崖，所住宿的
白熊同企鵝；守候每半年才看到一次的
日出，他用小筆記簿寫下紀錄。

小小的觀察者疲倦的午睡了，
枕頭旁放著翻開的地理圖本；
打摺做好記號的頁次，
是南北極和剛果的介紹及邀請。

孩子能從一本
地理圖書的閱讀，
夢到實地觀察和
研究的心思。
這不就是世界
帶給人類的夢嗎？

遺傳學

刳木船工作的雅美表哥皮膚是小麥色，
漁會上班的表嫂皮膚是更細柔的小麥色，
剛誕生的小外甥最嫩滑的皮膚也是小麥色，
我去問媽媽：是不是表哥漁村的太陽太強烈。

媽媽驕傲的回答：
那是雅美族傳統最美麗的膚色
像歌謠一般代代承襲的，
太陽和海水的遺傳。
雅美人愛海，是大海真正的子孫。

媽媽還說：
汗水是鹹的，
海水是鹹的，
人的血液也是鹹的。
我們血液有太陽的濃度和溫度，
我們血液裡染有大海的基因；
所有人站在太陽下，站在大海邊，
皮膚都會呈現健康的小麥色。

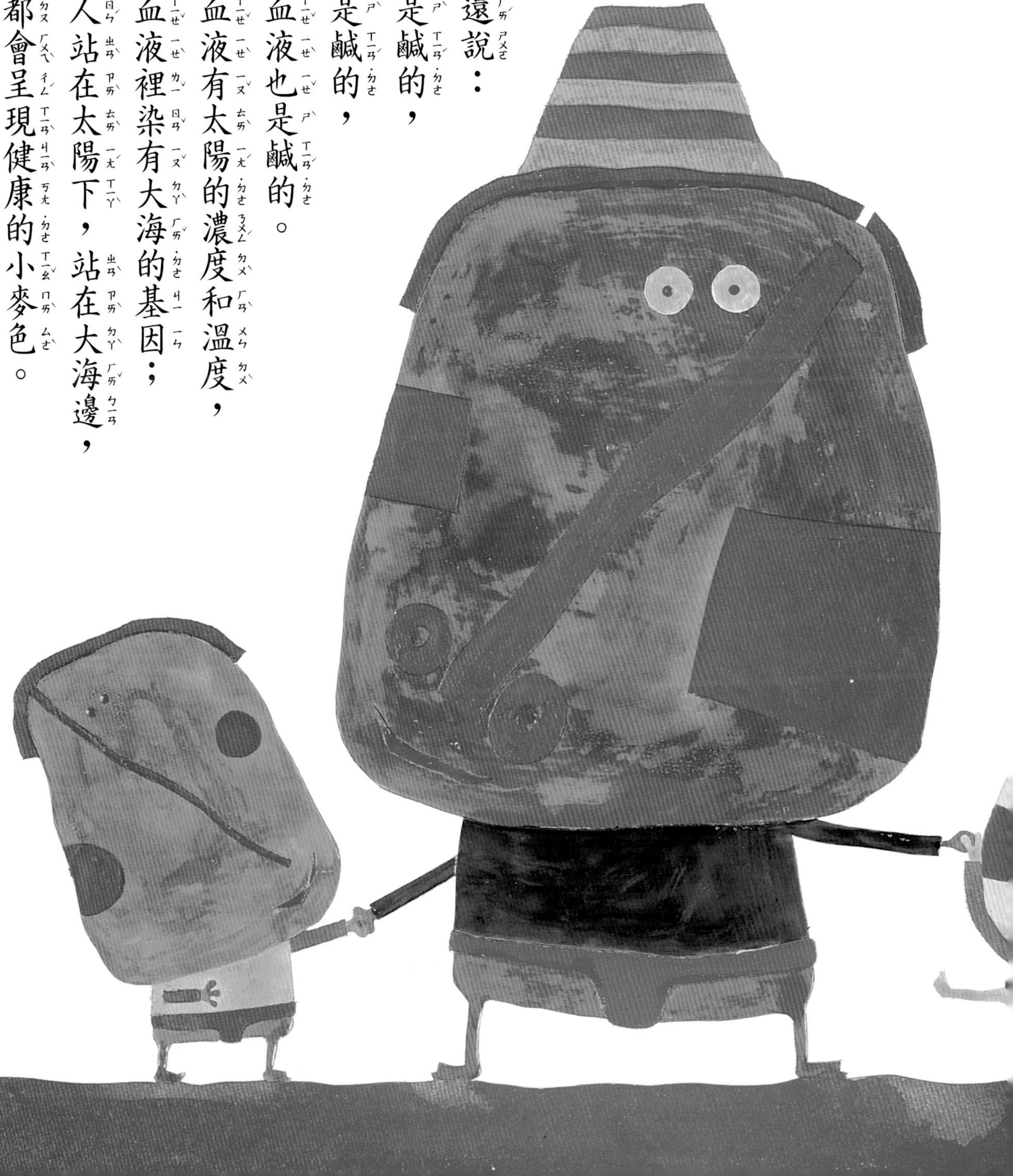

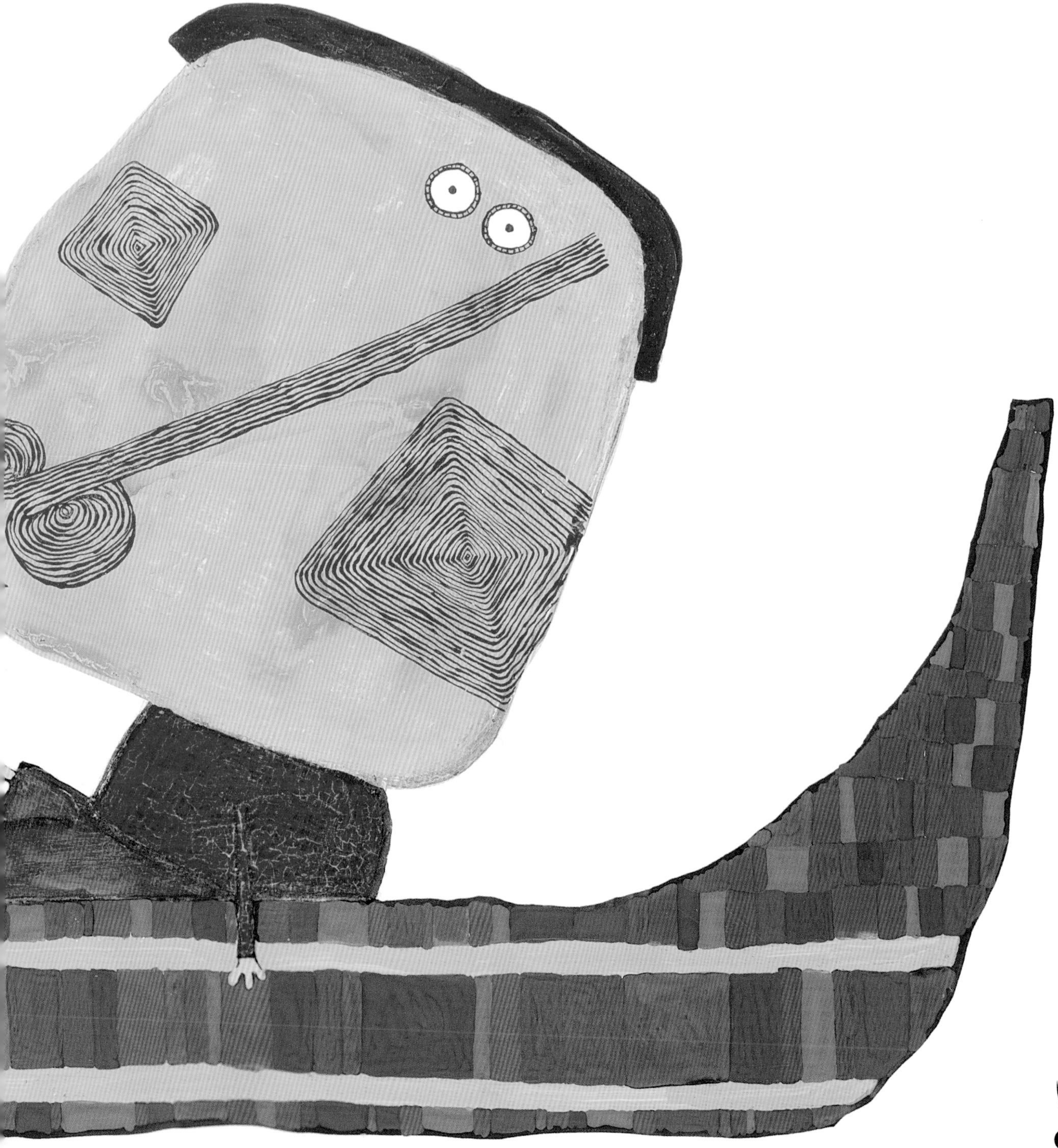

我抱著小外甥，看著刳木船上的表哥
在蘭嶼乾淨的海風和外甥瞪大的瞳眸間
祇穿短褲，唱雅美飛魚祭的歌。

雅美族同胞是海的子民，
他們愛海，有莊嚴的飛魚祭。
其實我們血液的鹹味，
說明我們和大海關係太深刻了。

帆船時代

在古老羊皮釘成的航海書上，
水手們用鵝毛筆沾藍墨水，
記載航行日誌，劃新的航線圖。
他們依靠風向和羅盤，
操動不同的帆和槳、舵。
爬到最高的桅桿頂，老鷹一樣的眼睛
尋找陸地或其他船隻的影子，
喊出悠長又好聽的報告聲音。

用每一顆熟悉的星星，和太陽月亮
在天空移動的位置和高度，找出自己的船位。
去發現大海所藏起的無名島，把載有的貨物
下卸往各處美麗熱鬧的陌生港口。
和所有人交朋友，向遭遇的海上強盜戰鬥，
他們是勇敢的探險家和航海者。

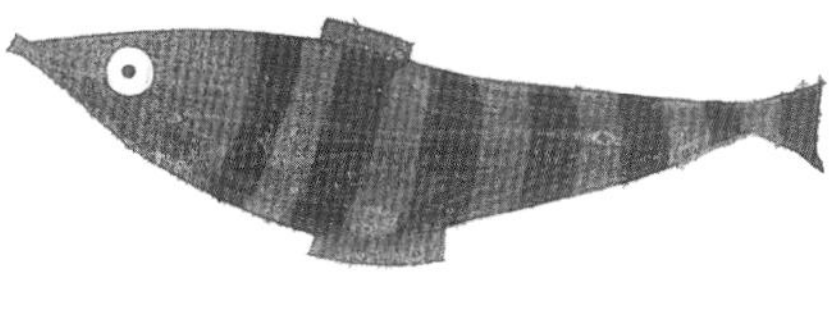

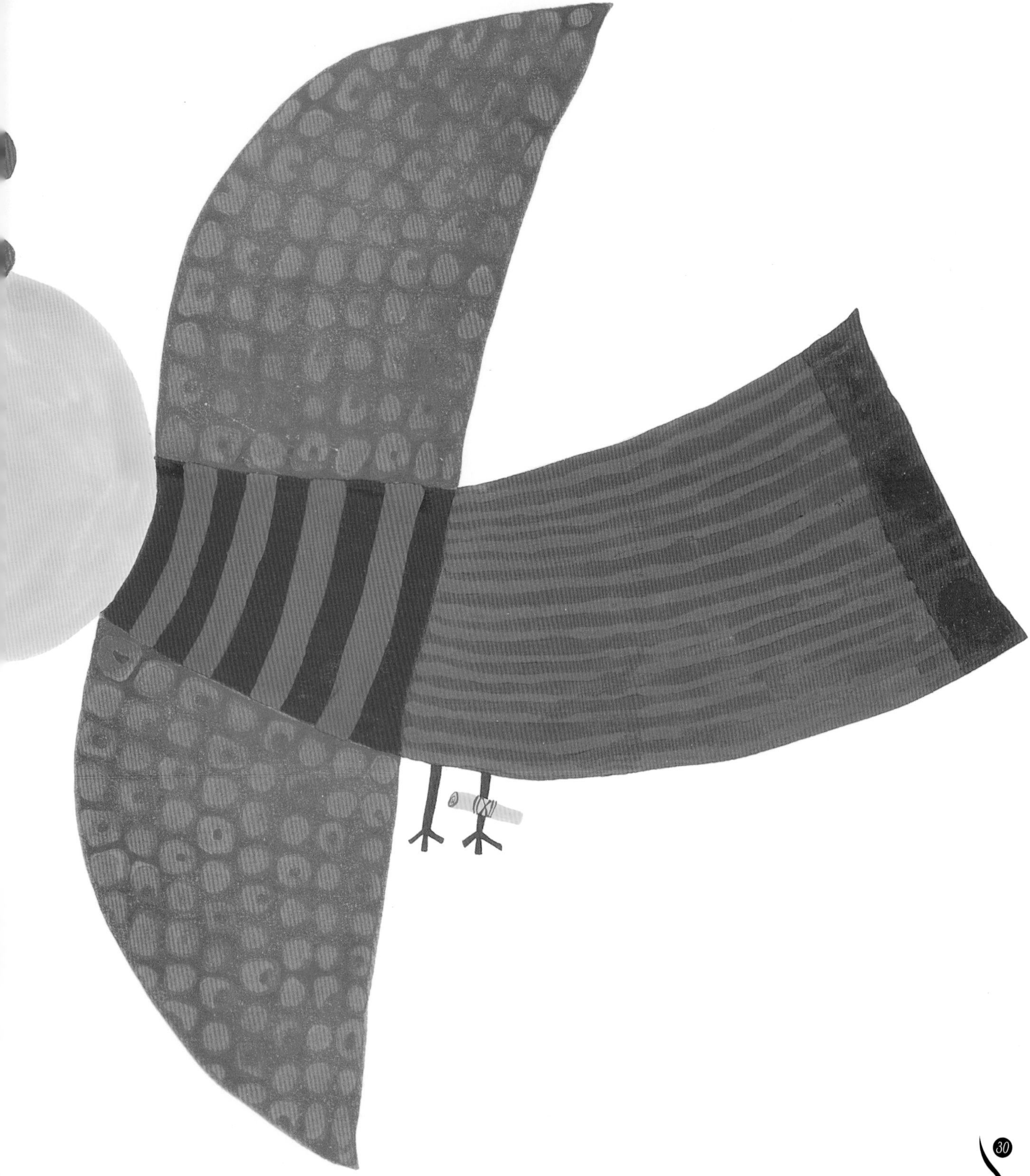

撕開暴風雨的阻攔，
去挑戰海洋，肯定自己。
他們把信紮在鴿子的腳上或瓶子裡，
自帆所鼓脹的風裡和海浪搖盪間，
放鴿子和瓶子進到天空與大海，
告訴家人近況，以及對明天的夢……。

以前的船靠海流、風和風帆的操作，
水手的經驗很重要。
接受風暴挑戰，
航向未知的海洋去探險和貿易，
要有勇氣！

港口

港口靠泊了好多大輪船，
長鼻子的起吊機非常非常忙，
把一個個貨櫃卸下、裝上
船所守候排列的位置。

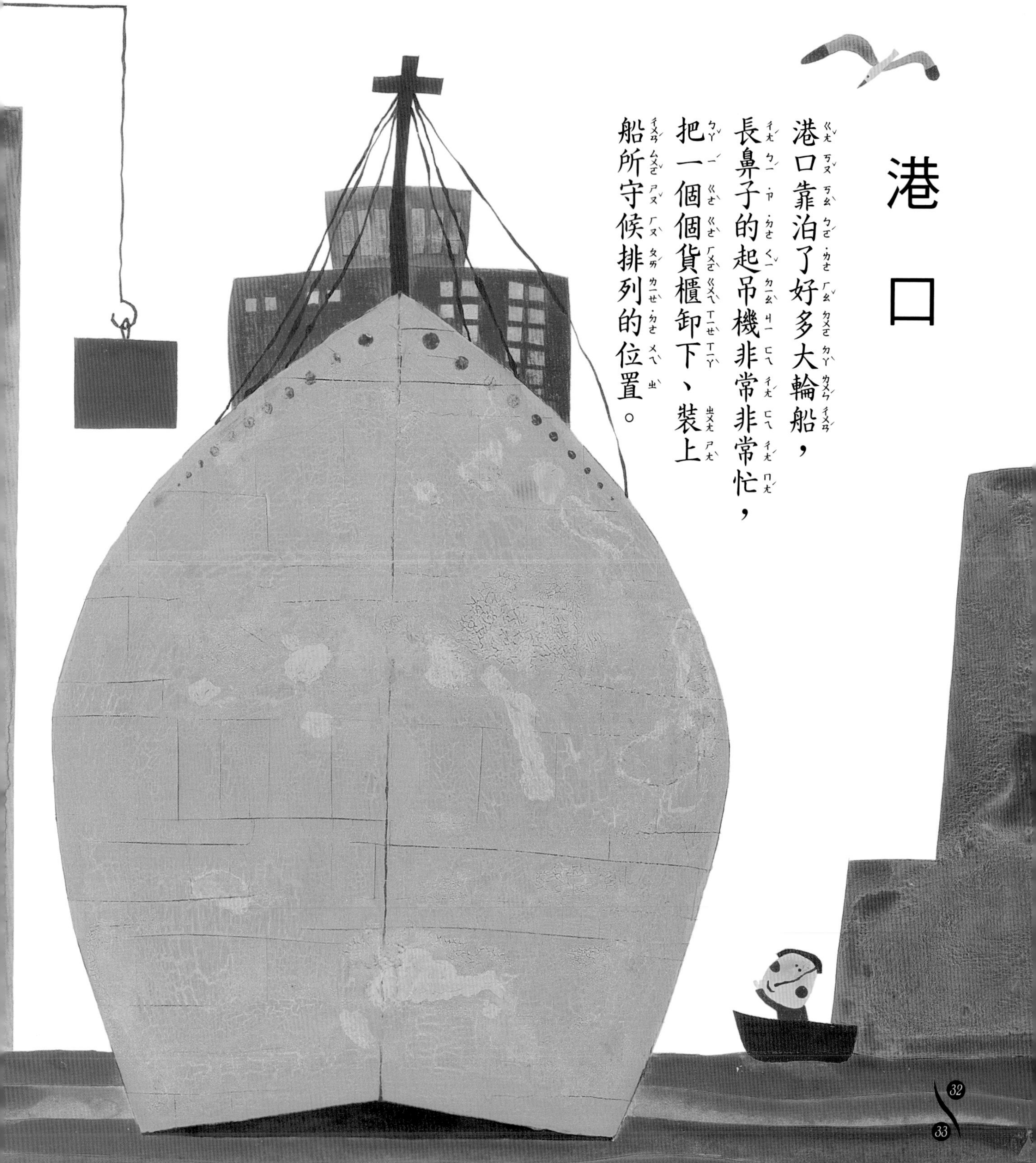

港口如音樂盒叮咚直響，
不斷轉著貨品輸運帶，
各處碼頭庫房都張口吞吐東西，
刈動車螞蟻般到處奔跑搬送。

港口是船暫時的家，
供船靠著休息、補給和整修；
供給水手一處不搖蕩的睡眠。
當所有人都睡了，
港還醒著；
它靜聽著一艘船在進港
另一艘船道別駛回大海去時
彼此發出相互招呼的
汽笛。

港口是最忙碌的貨物
和漁獲集散區。
它把大陸、島嶼、海
和人類的關係建立，
且緊緊的連結；
它也是船的家。

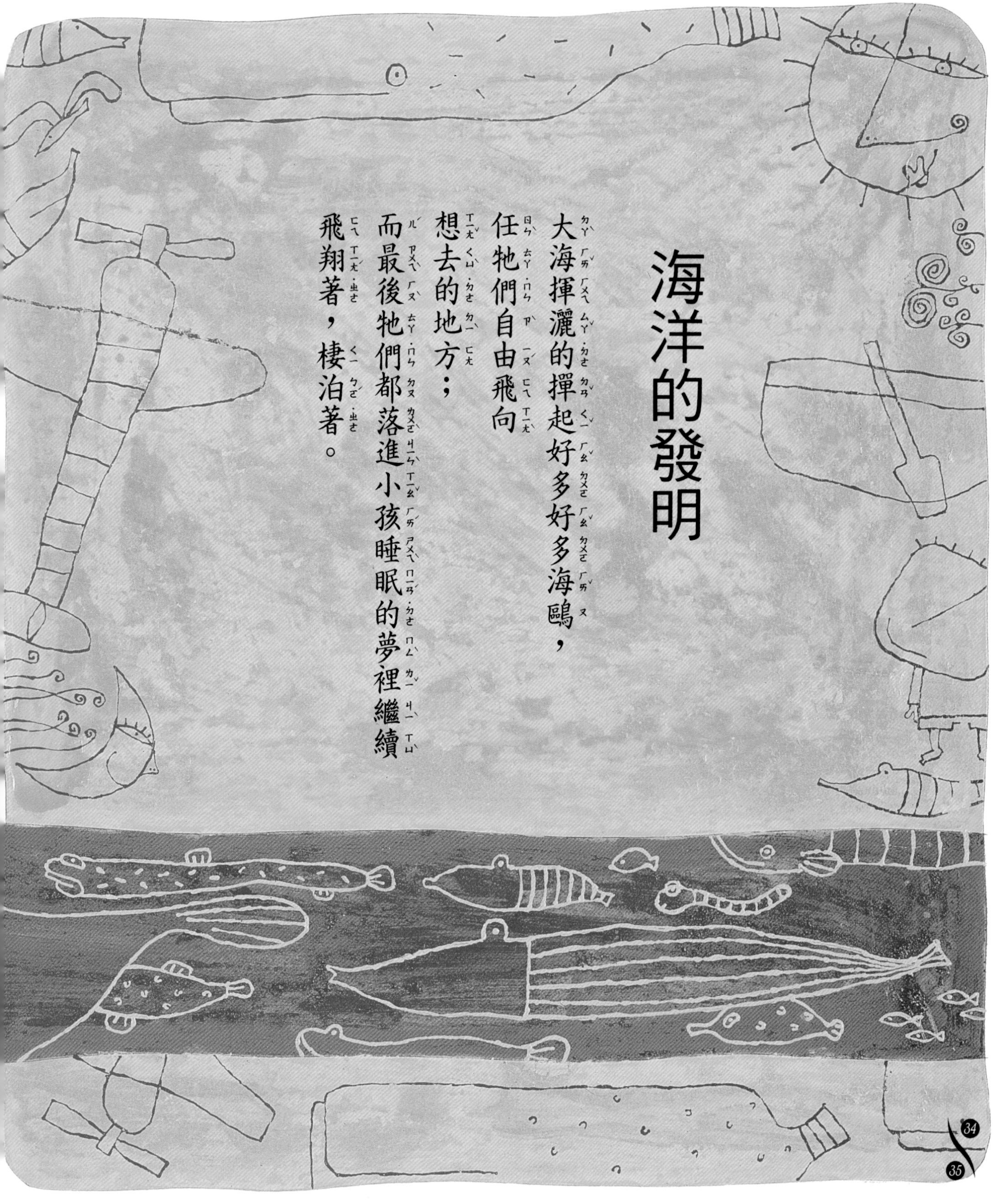

海洋的發明

大海揮灑的揮起好多好多海鷗，
任牠們自由飛向
想去的地方；
而最後牠們都落進小孩睡眠的夢裡繼續
飛翔著，棲泊著。

大海母性的滋養了各色各樣的魚群，
任牠們自由游往
想去的地方；
而牠們都游到小孩睡眠的夢裡繼續
划著鰭，吐著泡沫。

牠們都住在小孩的夢裡。
隨同孩子自由的一起長大，通過白天夜晚。
長大的孩子把牠們變成飛機、船和潛水艇繼續
飛翔著、游動著。

發明，是孩子長大後對夢想的實現。
大海是培養孩子自由思想的門戶，
大海本身就充滿了啟迪和想像。

季節的大風箱

海洋有一個巨大的肺，
每天每天，隨同太陽月亮一起呼吸，
她胸膛上才漲起高高低低的潮汐。
一年四季她都穿著那件藍大衣，
保持著一定的體溫；冬天向大陸呵出
熱氣，夏日向土地吹起涼風。

海洋是地球的肺，
一直呼吸不停的大風箱，
調節著地球的氣流和溫差；
尤其喜歡把海島抱在她懷裡，用潮溼水分
的亞熱帶氣候，為臺灣呵癢和洗澡。

這首詩把海洋擬人化了。用地球的肺和大風箱來形容大海對季節氣候的影響，是很真實妥切的。

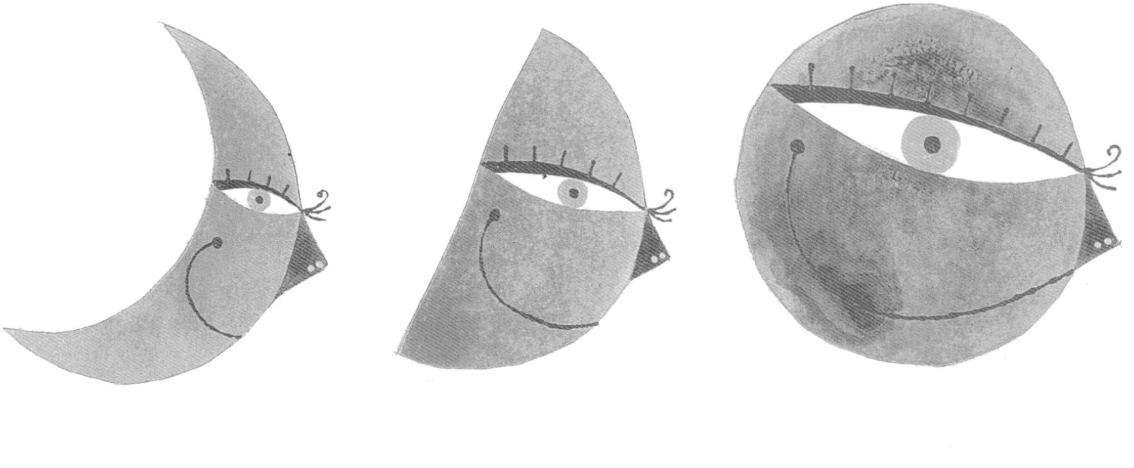

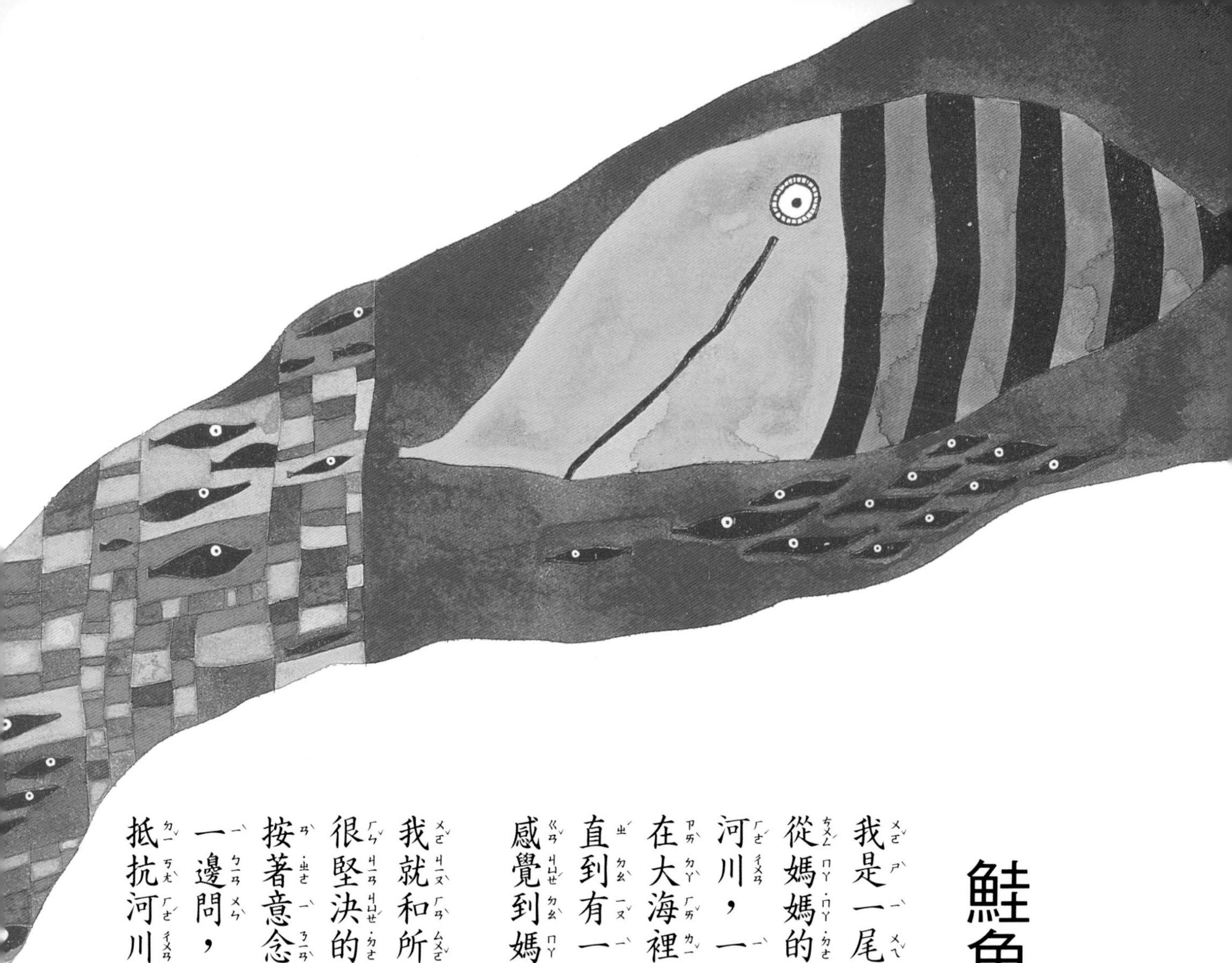

鮭魚回家去了

我是一尾小鮭魚。
從媽媽的溪澗，越過急湍，
河川，一直游到大海。
在大海裡長大。
直到有一天，從身體裡
感覺到媽媽在故鄉叫喚我回家。

我就和所有同年齡的鮭魚們
很堅決的告別大海，要一起回家。
按著意念裡的路線，一邊找，
一邊問，艱難的躍過亂石灘，
抵抗河川往低處沖刷的澗流；

逆向的，循著大家記憶裡的住址，
跳蹦往河的上游衝去。
累極了。全身是一路掙扎的
傷口；回來到媽媽的體溫
還浮在這兒的河床裡。我們把
自己的卵，產在孵出我們的
地方；就在媽媽的心跳內
安心的熟睡了。

鮭魚長大後就會回到
孵生自己的河川去，
在那兒死亡。
我們每人都有家，
要永遠記在心裡，
在任何地方都不要忘記。

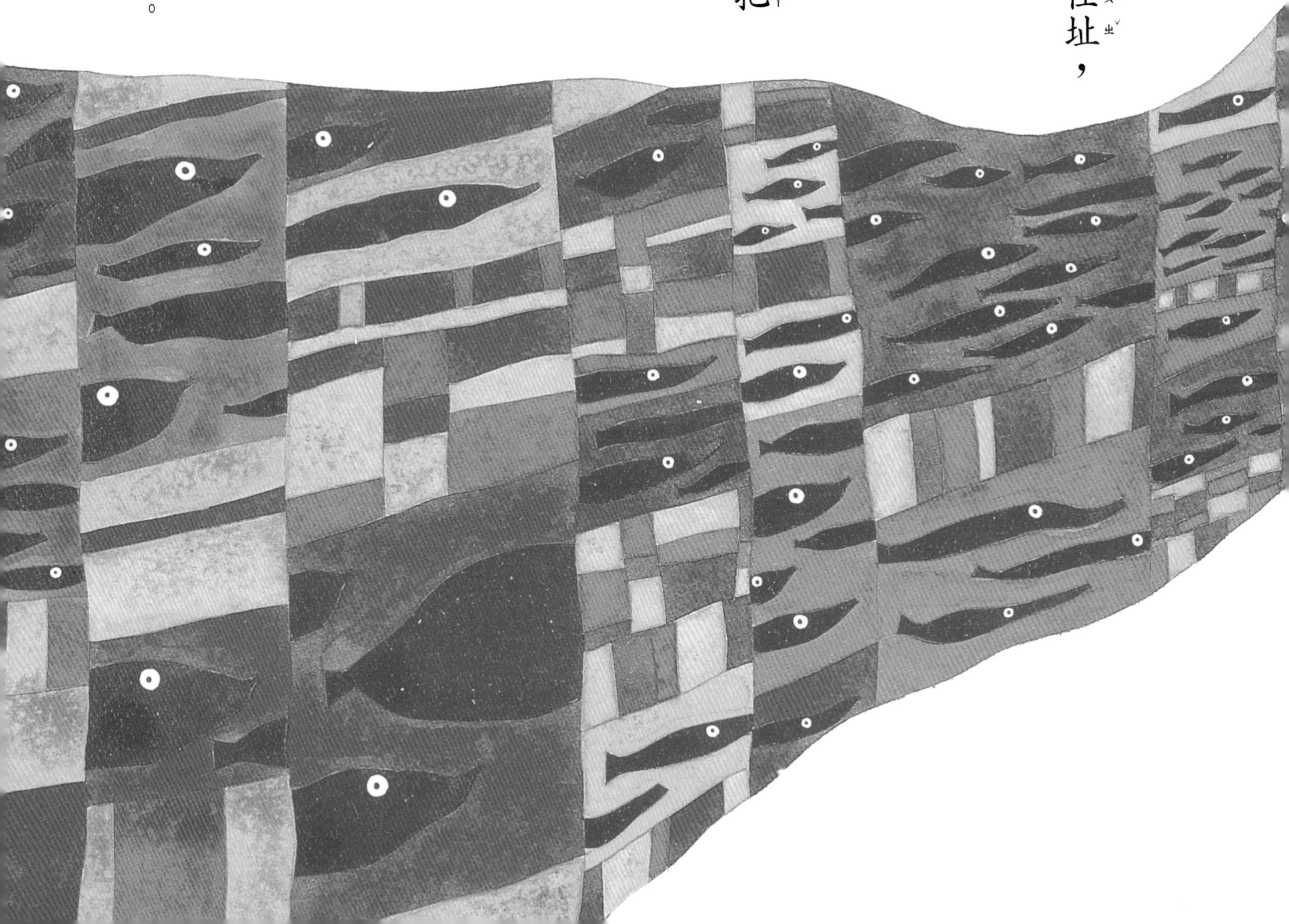

守信的烏魚群

將鰾裡面的空氣囊調整一下，
和所有同族的旅客聚在一起；
等季節將水溫再凍得更冷一些，
我們就跟隨初期寒流從北方南下，
成群進入臺灣海峽。

這時我們烏黑背脊下滿肚子的卵
都成熟了，會游得慢些
孕婦般的我們，很喜歡臺灣海域
每條熟悉的路和海底的風景，
也知道漁人們在興奮著等待我們；

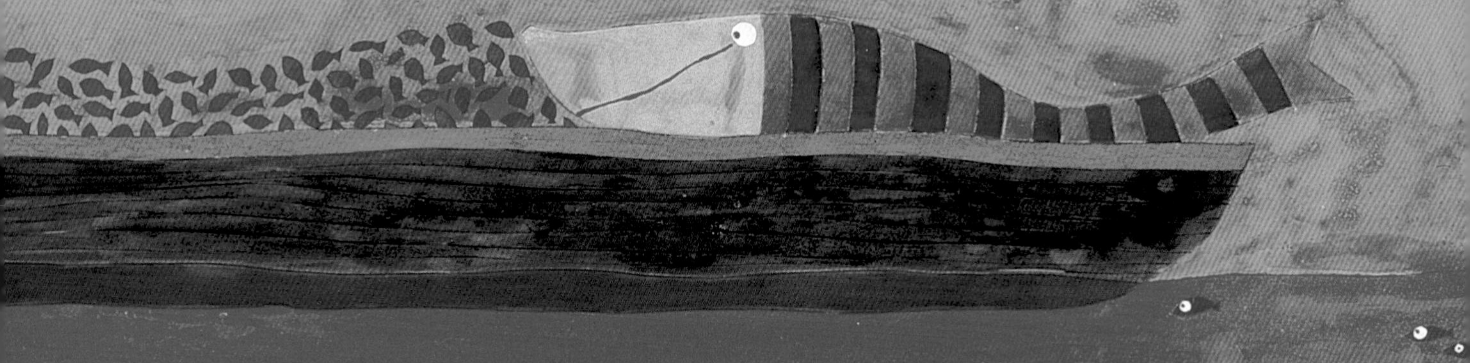

耳語和感覺都在告訴
前方有圍捕的魚船和網罟。
但是，我們都已經約定了
更南方的海葵和海蛞蝓，
要趕到那兒產下美麗的小烏魚。

這是烏魚族最本能的信諾，
每年一定遠程的隨著寒潮到南方的海。
漁人每年計算我們的路程，期盼著
肥美的烏魚子價錢。

烏魚們都聚在一起，大群浮游
我們相信不會被網罟打盡。
即使只有少數幾尾在狩獵下存活，
也要抱著肚子發脹的卵囊，繼續游下去，
到達海葵的住所，產下更多的孩子。
讓他們明年，循著熟悉的路途
再次洶湧成群，游過臺灣。

每年的烏魚季，是臺灣漁民最盼望的。
詩將烏魚的習性、堅持、樂觀的信心寫出來，
這也正是臺灣人的性格。

綠蠵龜在找媽媽

大綠蠵龜從海邊游上來，
愛心的綠蠵龜媽媽們爬上沙灘來了。
她選擇地方，努力划動四肢
扒出淺坑，靜靜產完卵再回到海洋。
留下成堆的蛋寶寶，
讓沙和太陽的熱來替她孵蛋。
太陽祝福這些蛋
用陽光輕輕敲醒這些沉睡的蛋殼。
小小的綠蠵龜一孵出來，就奮力朝
大海的方向，去追媽媽。

因為小嬰孩一生下來
就嗅得到媽媽的乳頭的氣息；
海對小小的綠蠵龜一定充滿甜甜的乳香，
而不是我們舔到的鹹味。

我是聽到的
他們都在叫：媽媽、媽媽……
他們急著回到大海
去找媽媽。

媽媽一定會在涼爽的海水裡，
等待她的孩子們。

生命的本能就是對母親的依戀；
小綠蠵龜一孵出就全力向大海爬去，
就是如此。本詩說明：
環境不能影響愛的感應。

飛魚

寬大胸鰭、伸開就會飛的魚
喜歡跳到海面，振動鱗鰭
作短短飛翔。
漁人說他們是很愛燈火的魚；
只要在矮矮船舷，夜間點了燈，
他們就會飛掠到船上，在甲板使勁跳動，
再蹦回海裡。

飛魚一定是很寂寞的，
他比所有魚會飛，
所以在晚間找燈火，想和漁人聊天。
寂寞一定很可怕，
使飛魚要掙開了海水，
像鳥一樣進到空中
在太陽、月亮和星星的光亮內，
展示自己，
跳往船上。

飛魚愛光，而振鰭飛出水面。
詩裡形容牠寂寞，
只是假借牠的這份習性，
表達出我們對目標嚮往的心態與行動。

鯨魚的對話

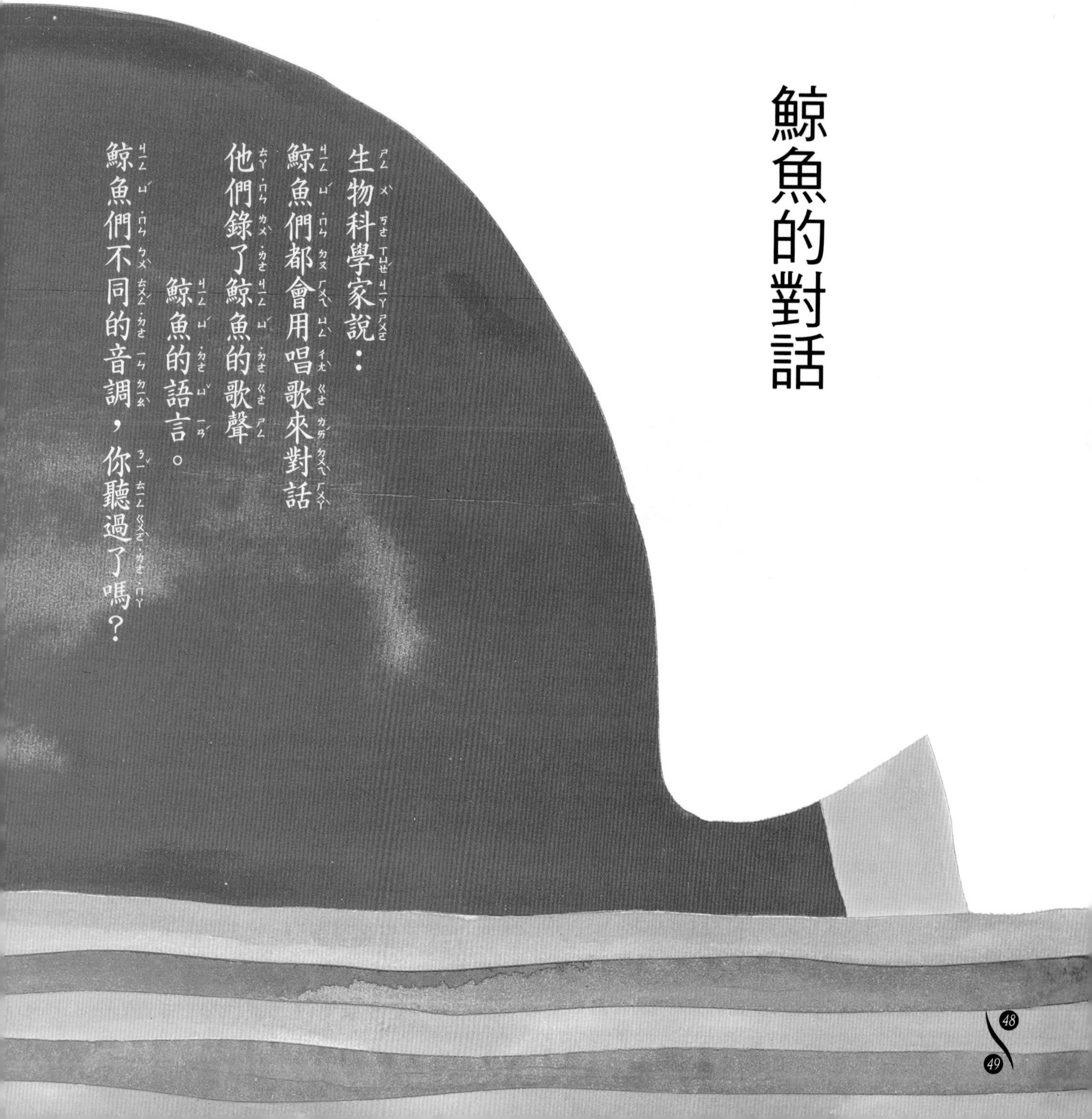

生物科學家說：
鯨魚們都會用唱歌來對話
他們錄了鯨魚的歌聲
鯨魚的語言。
鯨魚們不同的音調，你聽過了嗎？

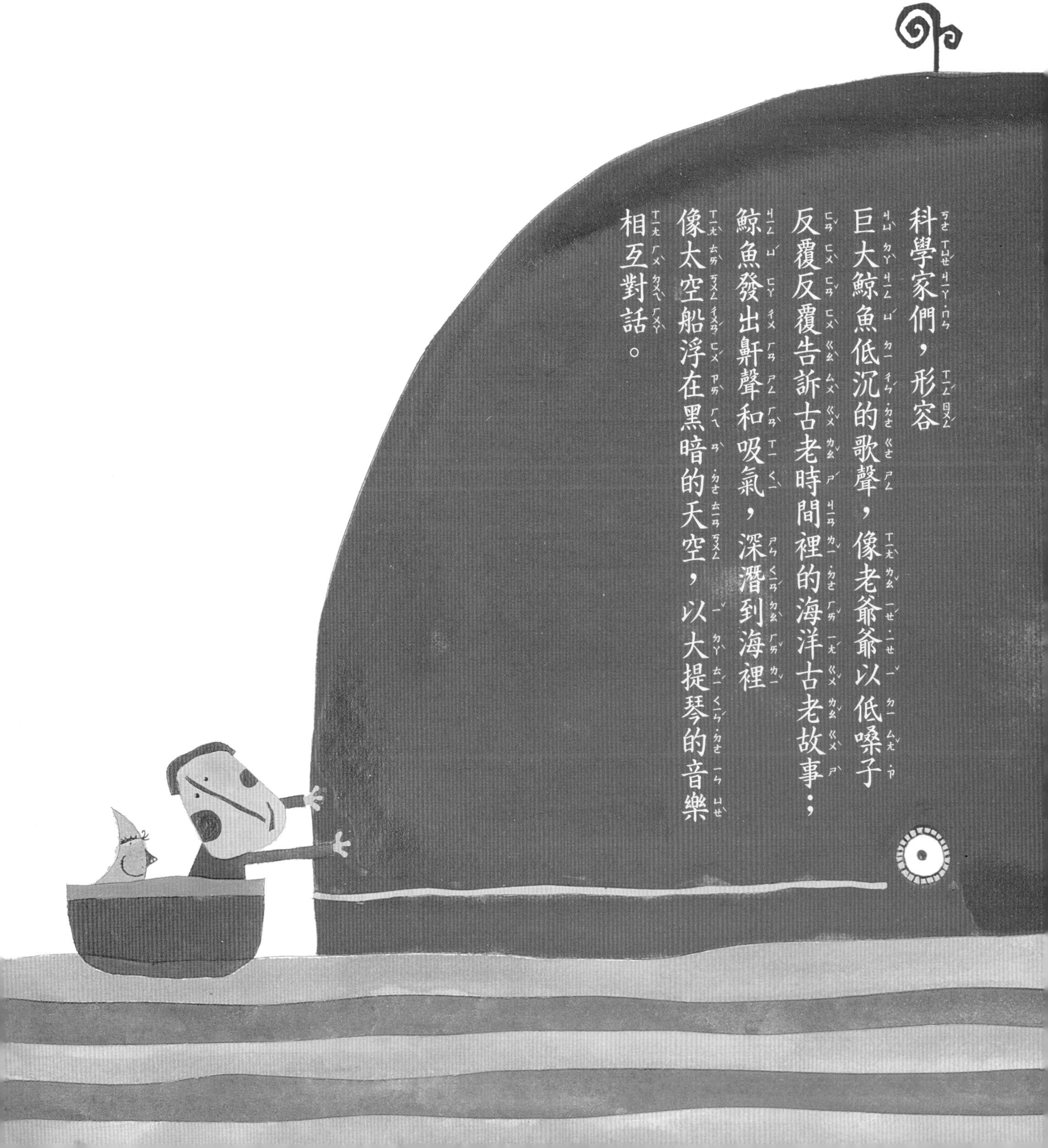

科學家們，形容
巨大鯨魚低沉的歌聲，像老爺爺以低嗓子
反覆反覆告訴古老時間裡的海洋古老故事；
鯨魚發出鼾聲和吸氣，深潛到海裡
像太空船浮在黑暗的天空，以大提琴的音樂
相互對話。

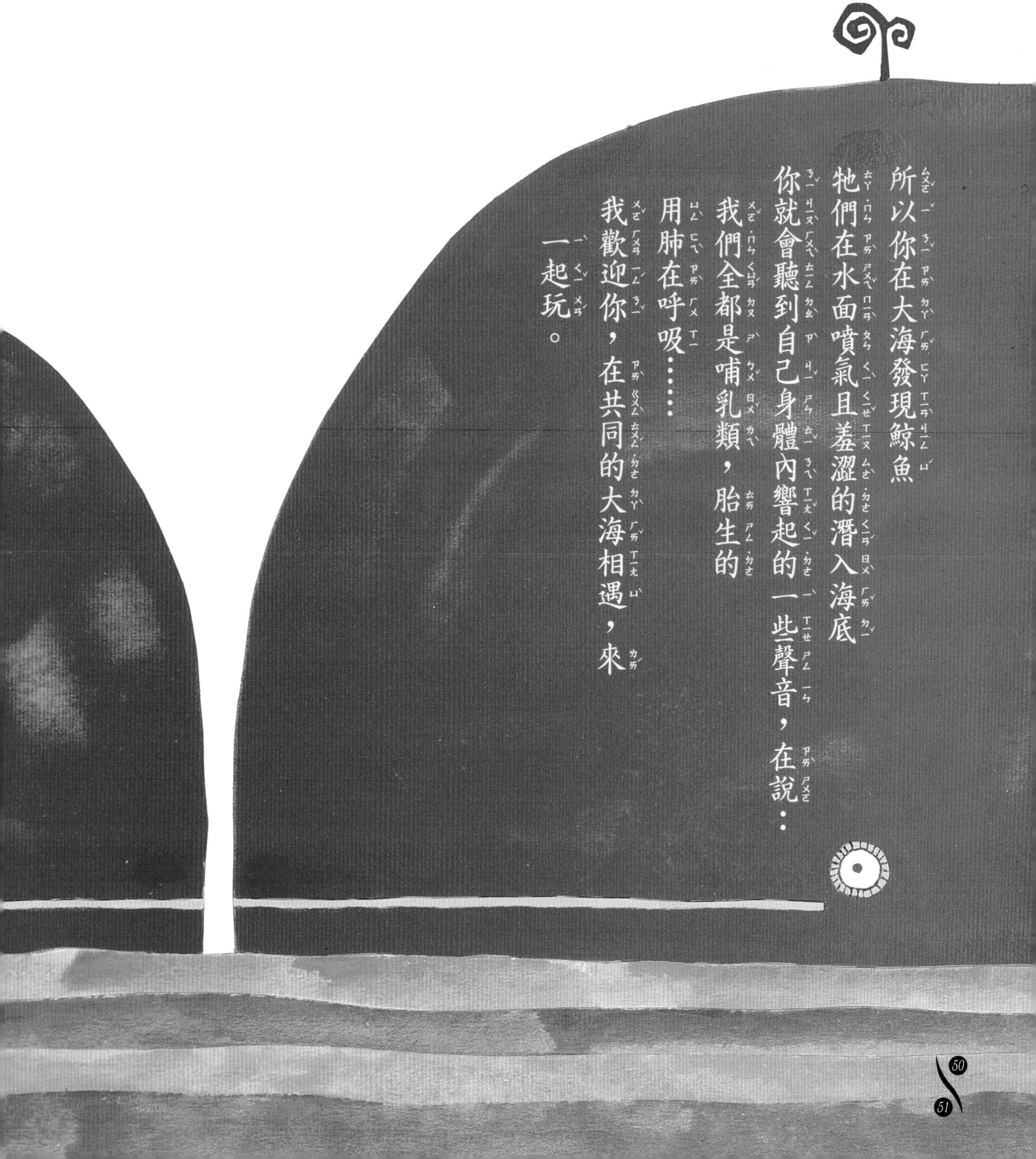

所以你在大海發現鯨魚
牠們在水面噴氣且羞澀的潛入海底
你就會聽到自己身體內響起的一些聲音，在說：
我們全都是哺乳類，胎生的
用肺在呼吸……
我歡迎你，在共同的大海相遇，來
一起玩。

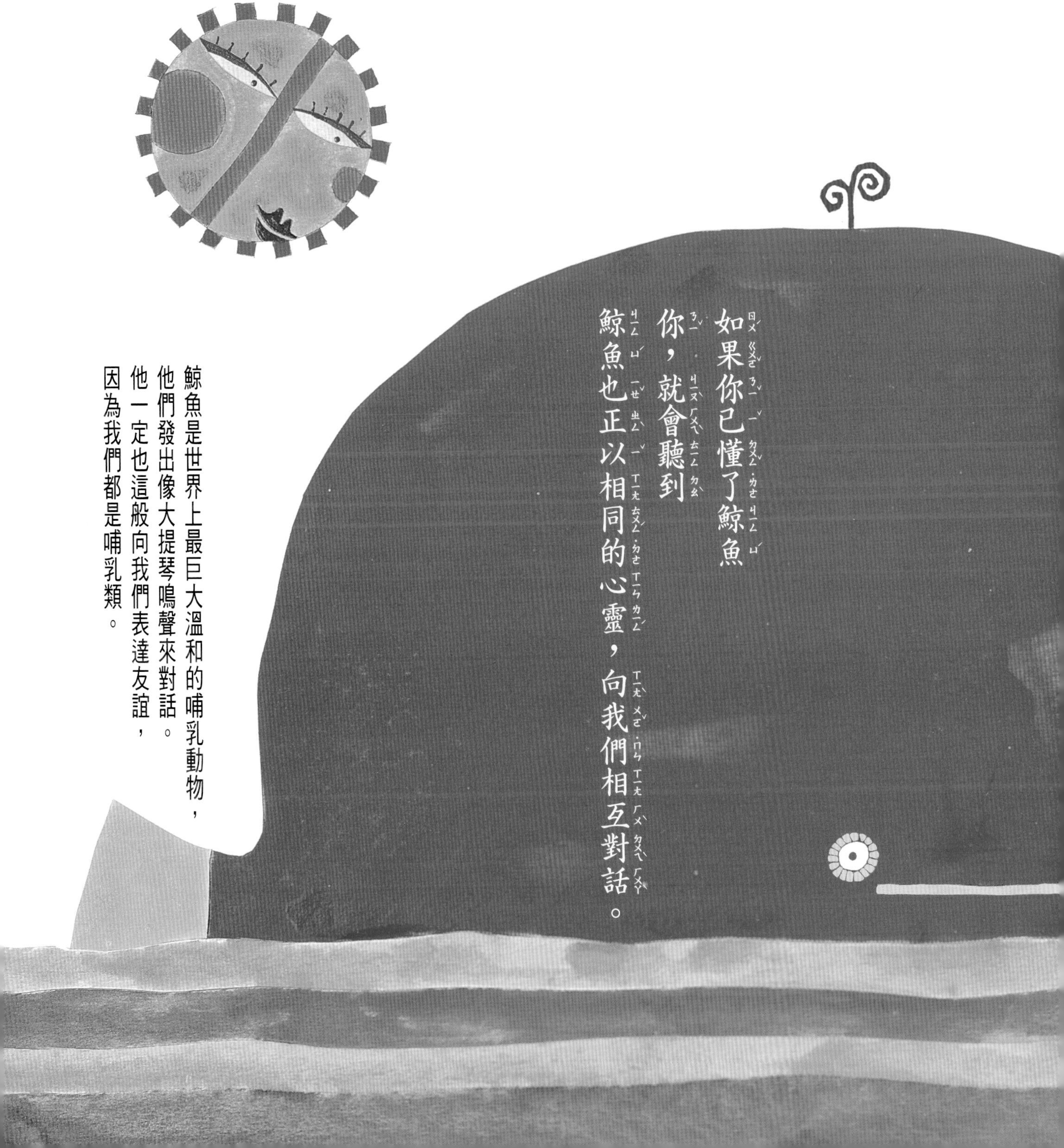

如果你已懂了鯨魚
你，就會聽到
鯨魚也正以相同的心靈，向我們相互對話。

鯨魚是世界上最巨大溫和的哺乳動物，
他們發出像大提琴鳴聲來對話。
他一定也這般向我們表達友誼，
因為我們都是哺乳類。

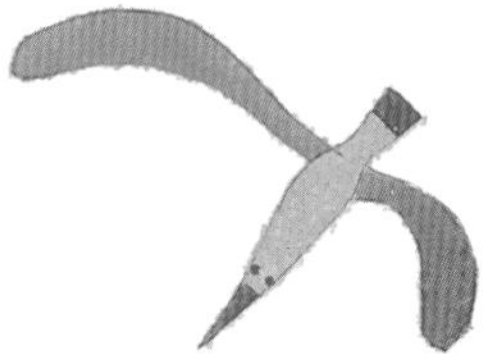

近海生物都逃走了

小貝殼出去玩；
染了一身汙油回來，發痲疹了。
小蝦米出去散步；
沾了一身紅鏽回來，發高燒了。
海豚誤吞了浮在海中透明如水母的
塑膠袋把喉嚨和胃都塞住了。
綠蠵龜上岸去
就再也沒有回來。

這些壞消息一次又一次發生，
海灘開始生病；海也被傳染，一直咳嗽，
所有近海生物都列入失蹤和死亡。
最後沿岸只剩了人類，在垃圾和汙染的環境
高聲喊叫著：愛、關懷、清潔……

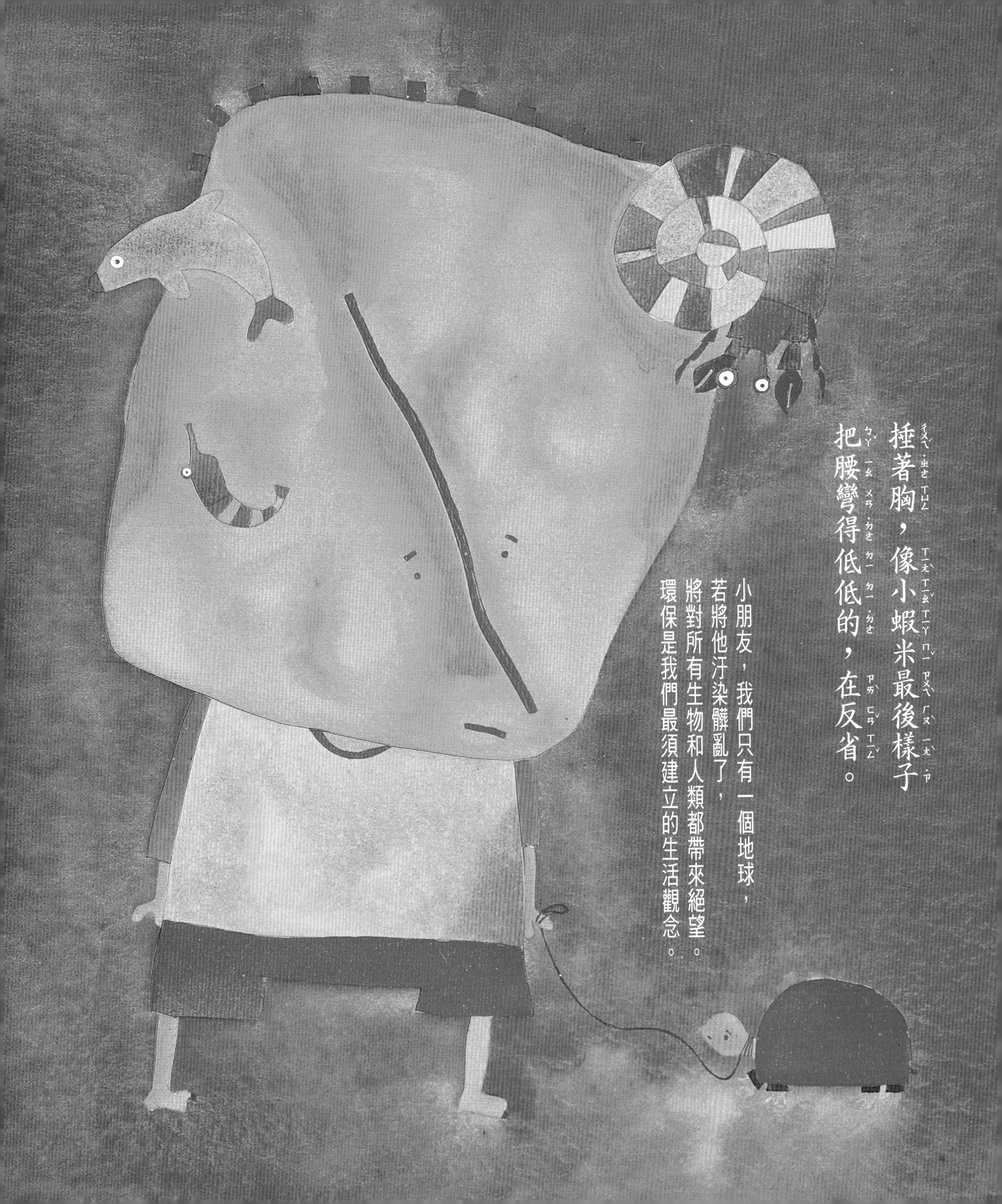

捶著胸，像小蝦米最後樣子
把腰彎得低低的，在反省。

小朋友，我們只有一個地球，
若將他汙染髒亂了，
將對所有生物和人類都帶來絕望。
環保是我們最須建立的生活觀念。

請多愛護珊瑚

海在睡眠時禱告，
神就把她所夢到的顏色
都留在珊瑚的身體和手指上，送給她
珊瑚是海最美麗的夢所變成的。

珊瑚們都住一起，張開樹枝般手指
把魚都邀來了
魚把家也搬來了
成為一處非常快樂的生活社區。

所以
珊瑚若消失了，魚就會沒了住所

像我們沒有家，沒有了珊瑚礁的群棲生態
這一處的海底就失去了生氣……。
如果我們把臺灣周邊的珊瑚礁都破壞汙染了
脆弱美麗的珊瑚就會迅速死亡，社區就被毀滅。

海葵、海星、海參所居住的珊瑚礁
是人類對海洋最美麗的記憶，
珊瑚是海洋的夢
也是我們最好最漂亮的鄰居。

珊瑚礁是魚群居住最多的地方，
是充滿各種顏色的大公園，
是神送給我們最美的禮物。
但是，珊瑚非常脆弱，
我們要照顧和愛護牠們；
愛我們周遭的一切生物和環境。

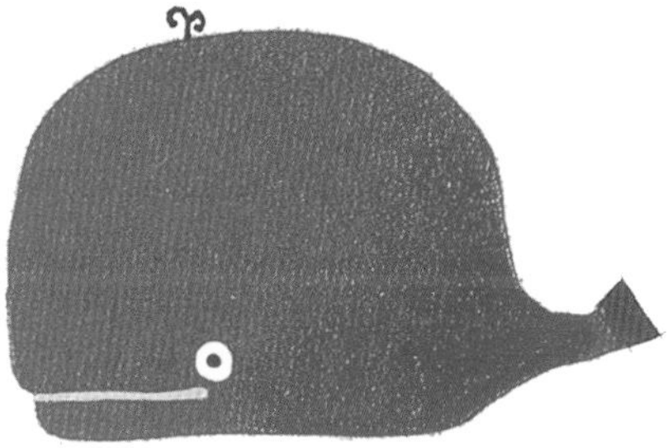

寫詩的人

汪啟疆，在海軍工作，經歷過不同的艦艇職務，他對海洋比對陸地要熟悉。在海上，他最喜歡夏天，海平得像鏡子，晚上星星月亮漁火都美極了；最怕冬季，臺灣海峽的季風很壞，浪高得把船都蓋住，很辛苦。

他寫過很多海洋的詩，出了四本詩集。一直想為小朋友們介紹海洋，能夠出版這本童詩，他好高興、好感激。

他是個基督徒，妻子趙頌琴老師教國中，有兩個叫蕙蕙、瀚瀚的小孩，都已長大了。他是以幸福和感謝的心情寫這本海洋童詩，送給小朋友和家人的。

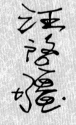

畫畫的人

張曉萍

一張白紙，若從未沾染過墨水，那它一定很寂寞——也許這就是曉萍畫畫的原因吧！

曉萍喜歡用風的線條畫畫，那樣，她就可以找到自由的輪廓，儘管印在紙上的只是風的痕跡……曉萍喜歡在傷心難過的時候畫畫，因為在那眼底，有她要的最灰暗的灰……如果她是一隻鳥，她不要一個七彩絢麗的鳥籠，她想要的，只不過是頭上的那一片藍。

在五顏六色的畫面裡，你將發現——橙，是夕陽的衣裳；黃，是孩子手裡的薯條；綠，是大樹的靈魂；藍，是鳥兒的天；靛，是憂鬱的大海；紫，是可口的葡萄；如果，你在某處角落發現了一抹紅，那就是曉萍。

詩後小語，培養鑑賞能力

在每一首詩後附有一段小語，提示詩中的意象、或引導孩子創作，藉此培養孩子們鑑賞的能力，開闊孩子們的視野，進而建立一個包容的健全人格。

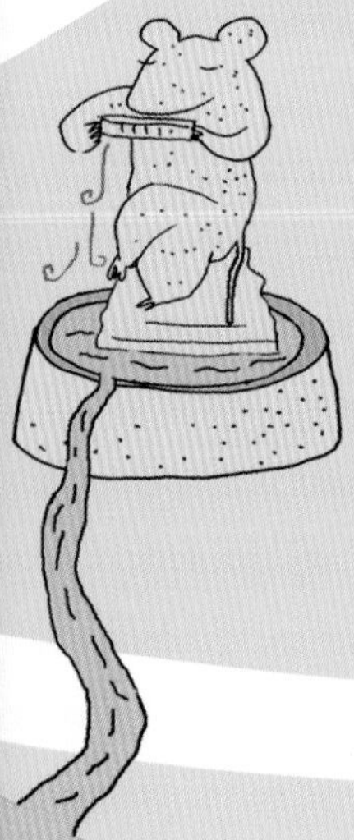

釋放無限創造力，增進寫作能力

在教育「框架」下養成的孩子，雖有無限的想像空間，卻常被「框架」限制了發展。藉由閱讀充滿活潑想像的詩歌，釋放心中無限的想像力與創造力，並在詩歌簡潔的文字中，學習駕馭文字能力，進而增進寫作的能力。

親子共讀，促進親子互動

您可以一起和孩子讀詩、欣賞詩，甚至是寫寫詩，讓您和孩子一起體驗童詩繽紛的世界。

兒童文學叢書

小詩人系列

每個孩子都是天生的詩人

您是不是常被孩子們千奇百怪的問題問得啞口無言？
是不是常因孩子們出奇不意的想法而啞然失笑？
而詩歌是最能貼近孩子們不規則的思考邏輯。

現代詩人專為孩子寫的詩

由十五位現代詩壇中功力深厚的詩人，將心力灌注在一首首專為小朋友所寫的童詩，讓您的孩子在閱讀之後，打開心靈之窗，開闊心靈視野。

豐富詩歌意象，激發想像力

有別於市面上沒有意象、僅注意音韻的「兒歌」，「小詩人系列」特別注重詩歌的隱微象徵，蘊含豐富的意象，最能貼近孩子們不規則的邏輯。詩人不特別學孩子的語言，取材自身邊的人事物，打破既有的想法，激發小腦袋中無限的想像力與創造力。

童話的迷人，

正是在那可以幻想也可以真實的無限空間，

從閱讀中也為心靈加上了翅膀，可以海闊天空遨遊。

這一套童話的作者不僅對兒童文學學有專精，

更關心下一代的教育，

出版與寫作的共同理想都是為了孩子，

希望能讓孩子們在愉快中學習，

在自由自在中發展出內在的潛力。

——簡宛（名作家暨「兒童文學叢書」主編）

兒童文學叢書

童話小天地

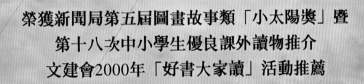

榮獲新聞局第五屆圖畫故事類「小太陽獎」暨

第十八次中小學生優良課外讀物推介

文建會2000年「好書大家讀」活動推薦

丁伶郎　奇奇的磁鐵鞋　九重葛笑了

智慧市的糊塗市民　屋頂上的祕密　石頭不見了

奇妙的紫貝殼　銀毛與斑斑　小黑兔　大野狼阿公

大海的呼喚　土撥鼠的春天　「灰姑娘」鞋店

無賴變王子　愛咪與愛米麗　細胞歷險記

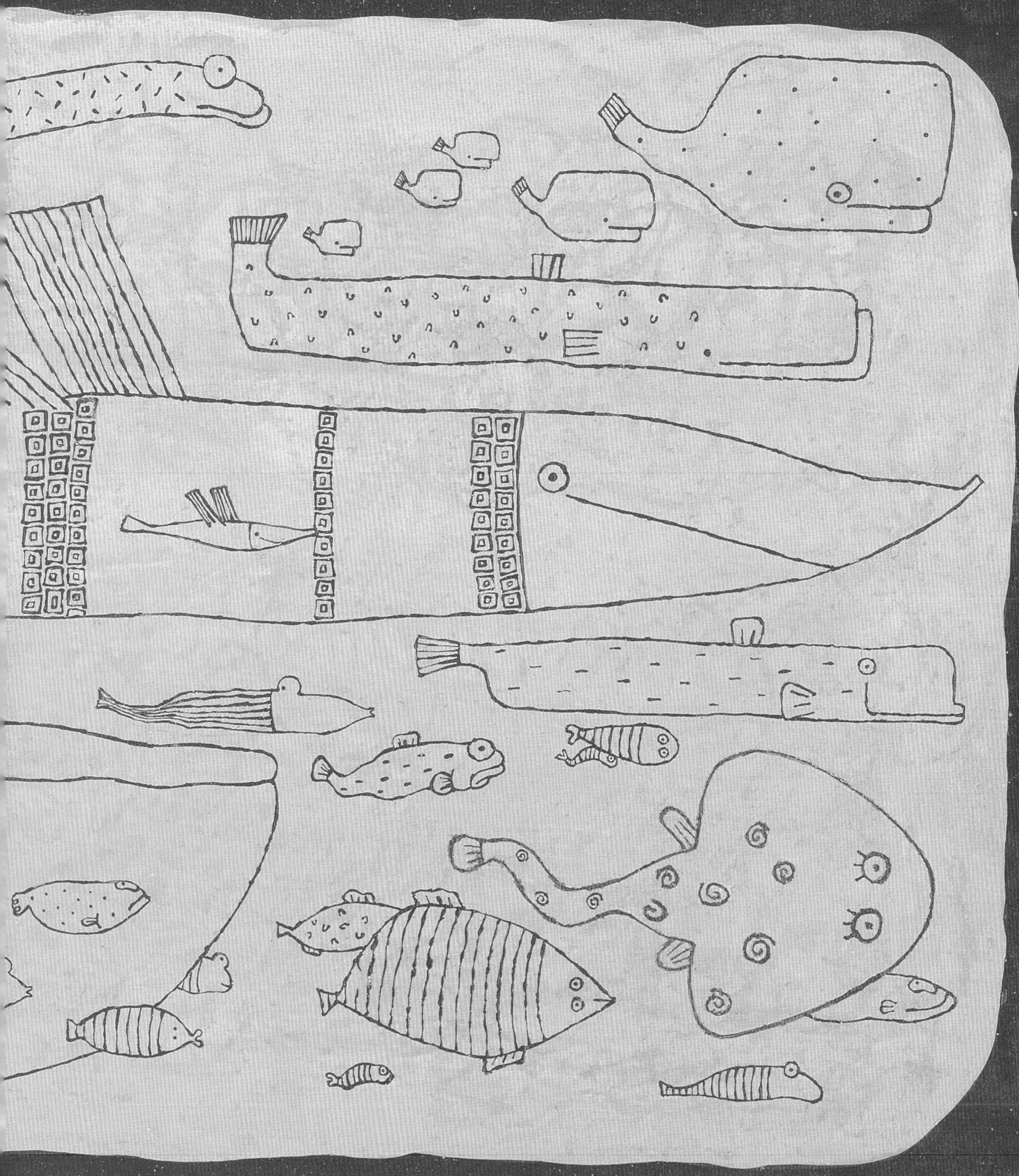